宇宙の果てには売店がある

生活感のあるSF掌編集

せきしろ

シカク出版

もくじ

本書は2020年5月から2023年12月までにwebサイト「カクヨム」に掲載された小説「SFのSは生活のS」に加筆修正のうえ、書き下ろし短編小説を加え再構成したものです。

ＳＦのＳは生活のＳである。

宇宙に散らばる１６１個の断片

ＵＦＯが飛来し、何もせず空き地の上でずっと留まってる。天気の良い日にはＵＦＯの影が空き地にできて、そこで猫が寝ている。私のアパートは洗濯物が乾きづらくなっている。

「身長120センチメートル以下のおともだちは宇宙船には乗れません」の看板の前で立ちすくむ子ども。

朝食ロボットが自動的に目玉焼きを作ってくれる未来になったが、目玉焼きに何をかけるかはいまだ人それぞれだ。

電車で「ワレワレハウチュウジンダ」と宇宙人が言っているが、同じ車両の乗客は全員寝たフリをしている。次の停車駅は中野だ。

急いで宇宙戦争を終わらせなければいけない。なぜなら俺の街歩きグルメブログの更新をみんな待っているからだ。

好きなアーティストの新譜を買って聴くがなんかしっくりこなくて三曲目で聴くのをやめる。でも新譜というのはそういうもので、宇宙船で何度か聴いているうちにきっと慣れることだろう。

何度１００円硬貨を入れても自動販売機は受け付けてくれず、返却口へと戻ってくる。別の硬貨に替えてみても戻ってくる。思えばあの時から機械の反乱が始まっていたのだ。

校歌の歌詞に「酸化鉄」や「砂嵐」が入っている
なんて、さすが火星の高校だ。

宇宙船に乗る際の注意事項をギャルの係員に早口で説明された。

宇宙戦争が始まったという防災行政無線が流れ、老夫婦が農作業の手を止めて聞く。無線が終わり、トンビの声が聞こえる。

電気羊を運搬中のトラックが横転し、数十頭の電気羊が高速道路上を走り回る騒ぎがあった。

もう動かない宇宙船だけどトンボがよくとまるし、リスや野鳥を見ることもできる。子どもたちの絶好の遊び場でもある。

地球の言語ではないため解読不可能ではあるが、箱に天狗のイラストが描かれているからこれは精力剤に違いない。

スペースデブリだらけのゴミ屋敷が夕方のニュースで取り上げられていた。

「枕がかわると眠れないようですね」

「お前、地球の言葉が話せるのか！」

「タイムトラベルして過去に干渉している子はいねーがー!」となまはげが来た。

この時間のコンビニは商品が少なくて赤飯のおにぎりと助六寿司しか残っていなかった。どちらかを選ぶか、それとも近くの衛星のコンビニまで行くか、選択の時である。

混雑しているフードコート。宇宙服のヘルメットがテーブルの上に置いてある。誰かが座席を確保しているのだろう。

地球の未来はお前にかかっているんだ。テーブルクロス引き、絶対成功させろよ！

「先生、バスケがしたいです」

「この時代はバスケットボールはまだ誕生していない。1891年まで待つんだ」

未来に来て一番驚いたのは、うさぎ跳びの再評価である。

自分の宇宙船は大丈夫なんだけど、他人の宇宙船は酔いやすい。芳香剤の香りなんかがしたらもうダメだ。あと、年配男性の整髪料の香りも。

「何歳に見えます？」と質問された。この問いに
間違えるとこの星では重罪となる。

宇宙船が揺れると、操縦席にぶら下がっているお守りも揺れる。「無事カエル」の文字も揺れる。

なんだっけ、あの、あれあれ。年取ると全然名前が出てこなくなるな。えっと、あの惑星だよ、俺たちの故郷の、あの、あれ……そうそう、地球！

ＡＴＭの手数料が高い。地球でおろしてくれれば良かった。

１００年のコールドスリープから目覚めたら眼鏡が見当たらなくて、まだ未来をはっきりと見ることができていない。

１００年のコールドスリープから目覚めた男が
「お母さんなんで起こしてくれなかったんだよ！」
と言った。

コールドスリープのカプセルに入った時にポケットの小銭が散らばってしまい、何枚かは隙間に入ってしまった。１００年後目覚めたらゆっくり取ろう。

アンドロイドとの飲み会。アンドロイド達が僕にはわからない「アンドロイドあるある」で盛り上がっている。僕はメニューを見て次に何を飲むか選んでいるふりをしながら話題が変わるのを待っている。

小型ＵＦＯを帽子で捕まえたぞ！　でもここから
どうすれば良いのかわからない。

「人間はなんと愚かな生き物なのだ」と言われたことがある人と飲んでいる。こんな機会は滅多にない。興味深い話が続く。

この星の重力は地球に近いから、タライが落ちてくるコントはやれそうだ。

あれほど勝手に部屋に入るなって言ったのに、またお母さんが入ってしまったからループ空間から抜け出せない。

ハッキリと大きな声で注文したのにまた店員に聞き返された。ループ空間から抜け出せない。

働けど働けど猶わが生活楽にならざり。きっと
ループをしているのです。

「宇宙行ったら人生観変わるぞ。お前も行ってみろよ」と宇宙帰りの留年してる先輩が今日も言う。

この星では平日昼間の公演から完売していくのか。

居酒屋の下駄箱の鍵に書かれた文字が読めない。
ここは地球ではないことを実感する瞬間だ。

「なーに、どうしたのー。またタイムトラベルしてきたのー」と猫に話しかけている人がいた。

夏って自転車のサドルが熱い時あるだろ。今だと
あれくらいの熱エネルギーがあれば動くらしいよ。

「俺らの頃の宇宙飛行士訓練はこんなもんじゃなかったぞ！」と宇宙飛行士のＯＢが怒鳴っている。

酔った親戚が「月でジャンプしたら地球より高く飛べた」という話を何度も繰り返している。もうすぐ寝るだろう。

陽気なサンバ隊のパレードが来て道路を渡れなくなった。人がいるからここでテレポーテーションは使えない。諦めてサンバ隊が通り過ぎるのを待つしかない。

ほらよく見てみろ。昨日とは違うタオルが干してあるだろ？　つまりこの星には生命体が存在するということだ。

朝。役目を終えた提灯、やぐら、落ちている団扇、祭りの名残がすべて朝露に濡れていて、カッコウの鳴き声が聞こえてくる。そんな仮想空間にいる。

光速でパンを買ってきたので、不良達は年をとり、
もう落ち着いていた。

タイムトラベルカスタマーサービスセンター「過去に戻ることに関することは1を、未来へ行くことに関することは2を、その他は3を押してください」

元の時代に戻れない相談だから……3だな。

カップやきそばを湯切りしている時、麺の原子が
蓋の原子と原子の間をすり抜けてしまい、すべて
台所に落ちてしまった。

ようやく事態が飲み込めたようだな、小僧。そうだ、お前が過去に戻り『ようかいけむり』を作ることになるんだ。

プレゼント交換で知らない星のプレゼントが当たった。その星では高価なものらしいが地球ではただの輪ゴムだ。

校庭に転送されてきた犬が現れて授業中だというのに大騒ぎになる、という未来あるあるある。

会計時に一旦こっちが払って後から半分貰うはずが、結局まだ貰っていないことを思い出してもやもやしながら宇宙を旅している。

ニット帽を被ってきたが、ずっと小さく感じていて、でも脱ぐときっと髪の毛がペタンとなっているから脱げず、そうこうしているうちに暑くもなってきて、宇宙旅行が全然楽しめない。

あのコンビ、賞レースは「オーバーテクノロジー」
のネタで勝負するらしいよ。

地球では高専ロボコンの地方予選が放送されている頃だなと考え、郷愁。

「ちょっとそこに立って。そう。で、たとえばお前が地球だとするだろ」と説明が始まった。

未来でもジャムの蓋が開かないことがあるなんて！

いつだってエイリアンが飛び出してくるかもしれない運転を心がけている。

その星の空は保温しすぎたご飯のような色をしていた。

寿司勝負、テーマは『タイムパラドクス』。始め！

「オスナヨ？　ゼッタイニオスナヨ？　ソレナノニオス……？」

敵のロボットが混乱している。今だ！

「遅刻、遅刻〜」と走る女子高生が食パンと同じ栄養素を摂取できる錠剤をくわえている。

今のは「友達のお兄ちゃんの彼女の弟の異星人の友達が廃墟の病院で体験した怖い話」らしいが、もう「異星人の友達」というところにしか興味はない。

デート商法だと気づいた時にはすでに知らない星の土地を買った後だった。

異星人とのファーストコンタクトは夏の避暑地
だった。

親に宇宙旅行をプレゼントすると言ったら「近場の温泉でいい」と言われた。

詰め替え用のシャンプーのストックがあるから、この地に定住しようとした地球人がいたことがわかる。

蕎麦屋のショーケースの中に太陽光でゆらゆら動くおもちゃがある。しかし太陽はもうない。

ＵＦＯは一度だけ見たことがあります。リンボーダンスで上体を反らして空を見上げた時です。

月の裏は見たことはあるが、新幹線の車窓から見える大きな看板の裏はまだ見たことがない。

実家の天井の染みが星雲のように広がっている。
古い蛍光灯は冬の白い太陽のようである。

その惑星のお土産は羽田空港でも買えた。

シャッター街があり、シャッターには宇宙の絵が描かれている。かつて宇宙で町おこしをしようとしたのがわかる。

この星にも「まいうー」と書かれたサインがあるとは！

反社の人がＵＦＯに吸い込まれていき、『一般的な地球人のサンプル』として研究されて、地球人が誤解されたまま宇宙に広まっていく。

古い転送装置だから、単一電池が何本も必要である。

天気が良いのでロケットの発射台に布団を掛けて干す。

宇宙飛行士の資格を取るための本がアパートの
ゴミ置き場で雨に濡れている。

キミたちは知らないだろう。明るく振る舞っているけど僕はまだ地球に慣れていないってことを。

地球そっくりな星が発見された。何とターバン野口に似たものもあるらしい。電器店のマッサージチェア売り場が休憩している人でごったがえしているのもそっくりだ。

「怒らないから言ってごらん」という言葉には信ぴょう性がないとずっと思っていた。この星に来るまでは。

『保証人不要』『異星人ＯＫ』にチェックを入れて
物件を探す。件数はぐっと減る。

宇宙ステーションに隣接したホテルにチェックインしてテレビをつけると、地球のドラマが放映されていた。いやはや『おしん』人気は宇宙規模だな。

夏の夕方、ランニングシャツを着たおじいさんが家の前に置かれた椅子に座ってロケットの打ち上げを見ている。

「この星には節分と呼ばれる行事があり、鬼と呼ばれる生命体に向かって小型の食物を投げ、建物の外へ行くよう命令する」と書かれたメモを拾った。

「ここは地球ですか?」という声かけ事案があったようだ。もしかしたら本物の異星人かも……!?

他の星のモンスターペアレントは規模が破格過ぎる！　学校ごと消滅させやがった！

卒業して離ればなれになってもみんな同じ地球を
見ている。

宇宙の果てには「ようこそ、宇宙の果てへ！」と書かれた看板がある。昔はもう少し栄えていたが、今は小さい売店が一軒あるだけで、しかも休みであることが多い。

中学に上がると同時に買ってもらった宇宙服は、「すぐに成長するから」とサイズが大きめであった。それでもすぐに小さくなった。

柱の傷はおととしの背比べの跡で、その上の傷は
隕石が掠った跡だ。

無表情で福笑いをするアンドロイドと過ごす正月。テレビでは駅伝がずっと流れていて、たまに見る程度だが、ゴールのところは割と見る。

日曜日、誰かが自家用ロケットを洗う水が道を横切って流れていく。どこからか『アッコにおまかせ！』の音が聞こえる。

宇宙ステーションの売店で、わざわざ宇宙で買う必要のない鬼滅の刃グッズを子どもがねだっている。

掲示板にズラリと貼られた習字の文字はやはりこの星の文字。ちなみに訳すと「税金」と書かれている。

タイムトラベルに成功したのかどうか知りたくて「今西暦何年ですか？」と訊きたいのだが、黙という中である。

捨てるタイミングを失ったコンビニのレシートを
握ったまま宇宙へ。

「オアシス」と言うからバンドの話かと思ってたら星新一のショートショートの話だった。きっと逆パターンの人もいるんだろうな。

長いワープが終わると雪の惑星であった。宇宙の底が白くなった。

乗った宇宙船はかなり古く、かつて灰皿が設置されてた跡があった。確かに船内は全体的に茶色い。

「この空き店舗、前は何があったんだっけ？」と思い出せず、タイムマシンに乗って調べに行き、スマホ修理屋さんだったと思い出した。しかしそれが私用でのタイムトラベルとみなされ、航時法で裁かれることに。

ロボットが「トモダチ」という言葉を覚え、次に
「トモダチノトモダチ」を覚えた。

「あなたは今、ブーツの中でくるぶしソックスが
半分脱げた状態ですね？」
この人の透視能力は本物だ！

道路にチョークで描かれた宇宙を子どもたちが旅している。

未来の自分が訪れるかもしれないと、教室の机に
「おかえり」と彫る。

お弁当を食べている家族のレジャーシートをおさえている石は隕石だった。

彼は火星の独立リーグでプレーしつつＮＰＢ復帰を目指している。

実家の壁に時空の穴があるが、普段は地元の信用金庫のカレンダーを貼って隠している。

隣の部屋に引っ越してきた人の段ボールが地球の文字ではない。知らない生命体が荷物を念力で運んでいるイラストもある。

今一番売れてる転送装置に「特定の服が転送できない」というバグが見つかったとのニュースを見て、確かに私のボスジャンは転送されなかったことを思い出した。

少しでも安く水星に行きたいから、成田発にした。

宇宙パイロット部が体育館の半分を使って訓練している。もう半分はバレー部が使っている。

電子書籍があってもやはり紙の本が良いという人もいれば、ワープができるようになってもやはり電車の方が良いという人もいる。

無印良品の宇宙服が好きな人もいるし、宇宙服にはこだわらないという人もいる。学校ごとに流行もあるし、着崩し方も違う。

まだタレが継ぎ足されているかどうかを確かめる
ために未来へ。

異星人が攻めてきたが、武器は修学旅行で買った
木刀しかない。

地球の半袖を着て来てちょうど良かったね。

わらしべ長者方式で、わらが紆余曲折あってなんとかロケットになった。これで念願の地球に帰ることができるのだが、目の前にケンタッキーフライドチキンを持っている人がいて、今無性にチキンが食べたくなっている。

潰れた店を覗くと異星人をターゲットにした居酒屋だったことがわかる。

積み上げられた培養土の間を抜けてホームセンターに入り『Ｍ３１４モーションシトラッカー』の部品を買う。ついでにペットコーナーも見る。

宿泊している部屋のカードキーをかざさないと軌道エレベーターが動かない。

ＪＲ中央線が運転見合わせに。ロケット発射に間に合うだろうか？

バス停に置かれた不揃いの椅子に座り、宇宙港行きのバスを待つ。

この星の季節は地球の日本でいう「秋」しかない
から、郷愁で押しつぶされそうだ。

宇宙に移住してもう何十年も経つのに、まだ地球の天気予報を見てしまう。

故郷の地球にいた時より、高校を卒業して宇宙に移住してからの方がいつの間にか長くなっている。

日曜の夕方、落語家たちが「ワームホールを抜けて一言」というお題に挑戦していた。

宇宙旅行した後の気分になれるサプリを飲む。その瞬間かなりの疲労に襲われ、もう全部明日やろうという気持ちになり、明日休みにしておいて良かったと思いつつ服も脱がずにあっという間に寝てしまった。

大きなＵＦＯから小型のＵＦＯが何機も飛び立って行った。「あれはきっと親子だね」と幼子の声がした。

拡声器で話す町内会長の声がまったくききとれない。このままでは地球から脱出できない。

駅前で停まった親の車から制服の子が無言で降りて足早に去っていく光景は宇宙共通なんだな！

『一人前になると言って板前修行に出たクラスメイトが「俺には合わなかった」と言って帰ってくる5月、いかがお過ごしですか？』と時候の挨拶が書かれた手紙で、故郷の星には季節があったことを思い出す。

文房具売り場の試し書きのところにループしている人のメモがあった。

蝶の羽ばたきがやがて大きな風となり、追い風参考記録になってしまった。

宇宙船の操縦席に座った年老いた母の足は床についてないが楽しそうだ。

「私も地球から来たんですよ。日本ですか？　同じです！　えっ、中野にいたこともあるんですか！」と広い宇宙で偶然の出会い。しかし物心つく前に他の星に引っ越したので地球の記憶はほぼないらしく、さほど盛り上がらなかった。

死んでると思った蝉が突然動きだしたぞ！　地球という星はなんて野蛮な星なんだ。侵略は中止だ。全機撤退せよ。

異星人はかなりの厚着をしているが、アメリカ人はモトリー・クルーのTシャツ一枚だ。

宇宙との距離もかなり縮まり、パーティーグッズ売り場には『宇宙一の司会者』のおもしろタスキが並んでいる。

冷蔵庫に水道修理業者のマグネットが貼られている……。ってことは、ここは地球だったのか！

天ぷらを塩で食べることを教えたら、異星人が大喜び！　宇宙戦争を回避することができた。

この星の文字は解析済だが、達筆すぎると逆に読めない。

宇宙船での移動中、船内では映画が流れていた。
その日は『県庁の星』だった。

初めて地球を訪れた異星人が見た朝の景色は、パチンコ店の行列だった。今は当然のように並んでいる。

ごんお前だったのか。いつも宇宙食をくれたのは。

宇宙へ出かけた人の家は静かで、庭ではアロエが
立派に育っている。

宇宙では空気が無いから音は伝わらない。雨の音も電車の音もエアコンの音も冷蔵庫の音も新聞配達の音もしない。聴こえるのは自分が発する咳と独り言だけ。

宇宙服のグローブが片方だけ落ちている。

異星人が怒っている。翻訳機を使ったら「食券を買ってください」と言っていた。それはこちらが悪い。

「ご自由にお持ち帰りください」と書かれたスペースにパワードスーツがあった。あとは民芸品とこども服、コップなど。

ロケットに西日が当たっている。触ると熱いが真夏の頃ほどではない。

アンドロイドが見る夢の中には自分のミスのせいで負けた夏の試合の夢もある。

どれだけ宇宙が身近になっても、路地をひとつ曲がれば宇宙など関係ない昔ながらの風景があるものだ。

路上ミュージシャンをやっているが客はいない。私は地球最後の人類だからだ。「あなたを見てインスピレーションで言葉を書きます」というのも同時にやっているが、こちらも書いたことはない。

人類は滅亡したので、樽に入った黒ひげの男はもう飛び出すことはない。

宇宙ステーションの忘れ物ボックスの中に老眼鏡がずっとある。自転車の鍵もずっとある。

たったひとりの宇宙航海は、思い出だけが推進力
となる。

これは宇宙に来て知ったことだが、死んだ人は本当に星になっている。

地球が青いことを、祖父母や曽祖父母は知らないまま他界した。でも今いる場所からは見えているのかもしれない。

みんな宇宙に行ってしまった過疎もある。

タイムマシンの経年変化

タイムマシンを起動させようとしたらエラーが出た。原因を調べたいが説明書が見当たらない。この前の引越しの時に捨ててしまったのかもしれない。ああ、タイムマシンで引越し前に戻れたのなら！

タイムマシンが入っていた箱に貼られている保証書はとっくに保証期間を過ぎていて、セロハンテープは変色している。

子どもの頃タイムマシンに貼ったシールを見て過去に戻った気分になる。

年老いた親のためのタイムマシンはボタンが大きくて操作が簡単だ。

『週刊タイムマシン』を毎週買って、毎号付属するパーツを使って組み立てていくはずだったが、開封していない箱が増えていく。

実家にあるもう使ってないタイムマシンの上には
植木鉢が並べられている。赤い花はベゴニアだ。

アパートの人が引っ越して、粗大ゴミシールが貼られたタイムマシンがしばらく置いてある。

銀河鉄道の終電

年末は案の定銀河鉄道の自由席が大変混雑していて座れず、乗る前に買ったシュウマイ弁当を食べられずにいる。

銀河鉄道の快速に乗ってしまった。次の星で降りて、乗り換えて戻るしかない。

太陽系を結ぶ銀河鉄道に乗った。火星で隣の席に
誰も乗ってこなかったから、木星までは隣に誰も
いないことが確定だ。

銀河鉄道での長旅に備えて本を買おうと売店に行くと、西村京太郎が充実していた。

インド発の銀河鉄道は大変混雑していて、乗り切れなかった人が屋根の上にのぼったり、窓にしがみついたりしている。

ガラガラの銀河鉄道の指定席なのに、なぜ隣の席
に人が来るのだろうか？

自分が乗っている銀河鉄道が動いていると思ったら、
向かいのホームの銀河鉄道が動いていたようだ。

バスケットボールが3つ入った鞄を持って銀河鉄道に乗っている小柄な少女は、練習試合に向かう1年生だろう。

銀河鉄道の終点で酔っ払いが寝ている。

２１００年の眼鏡

２１００の形をした眼鏡が落ちていた。

いわゆるパーティーグッズだ。西暦が２０９９年から２１００年に変わる年越しの時に、そして新年を迎えた時に、必要以上にはしゃぐ人たちのための必須アイテムである。

この西暦を象った眼鏡は私が物心ついた時からある。いつ頃誕生したのかはわからない。調べようと思ったことは一度もない。

２０００年代は丸い部分、本物の眼鏡ならばレンズが入る部分を容易に見つけられるために眼鏡化がしやすかった。それに比べて２０１１年はかなりの工夫が必要であったはずだ。私が確認したものは十の位の「１」に無理矢理穴が開けられているもので、工夫というより力技が目立ったものであった。

今私の目の前に落ちている２１００年の眼鏡は下二桁の「00」の部分をレンズとして使用している。眼鏡としては見やすいだろうが、バランスは良いとは言えない。

ふと私はあることに気づいた。続いてすぐに驚いた。なぜなら今は２０２５年であるからだ。つまり目の前の眼鏡は未来のものの可能性がある。もちろん現在のもの、たとえば試作品なのかもしれない。しかし未来のものである可能性がある限り私は慎重に対処しなければいけない。

未来の人が過去に意図的な干渉をしようとこの２１００年の眼鏡をここに置いていったと考えてみる。私が眼鏡に触れることによって未来が変わる。それはこの眼鏡を置いていった未来人にとっては都合の良いことになる。しかしそれは私利私欲のための行動であるから航時法に違反してしまい、それを手助けしたということで私もタイムパトロールに捕まってしまう。宇宙の果てへ島流しの刑に処されるかもしれない。その可能性がゼロではない限り、やはり何もしない方が良い。落とし物を落とし主のためにもっと目立つところへ、例えばベンチの上やポストの上へ移動させることはよくあるが、もちろんそれもすべきではない。

おもしろい話

ファミレスで男がドリンクバーのおかわりで迷いに迷い、その挙句突然健康を気にし始め、コカコーラゼロを選択しグラスを持って席に戻ろうとした時、若者二人が入店してきて、男から少し離れた席に座った。若者の声は大きめで男の席まで会話が聞こえてきた。こういう場で大きめの声で話す若者はたいていおもしろくない奴なんだよなと男のテンションは下がった。イヤホンでシャットアウトする手はあるが、よりによって持ってくるのを忘れてしまった。男は必然的に若者の会話を聞くことになった。

「なあ、なあ」

「なんだよ」

「なんかおもしろい話してよ」

男は驚いた。おもしろい話をしてって言われてする人なんているわけないと思っていたからだ。それは確実におもしろい話にならない。そんなこともわからないのか、やはりこの国の教育レベルは下がっているのだろうか、などと考えていると、さらに驚くべき声が聞こえてきた。

「おもしろい話？　いいよ」

まさかの快諾である。おもしろい話をしてと言われておもしろい話をするという。その時点でおもしろさは半減、いや激減するというのになぜ快諾できるのか。男は混乱した。

「この前さ、地元のツレと飯を食いに行った時のすげーおもしろい話なんだけどさ」

男の混乱をよそにおもしろい話はスタートした。しかも

「すげー」という形容詞付きだ。

「醤油の容器とソースの容器があったんだけど、どっちもよく似てたんだよ」

（これ、おもしろくなるのか……？）

「俺はさ、醤油をかけたかったんだよ。でも、かけてみたらさあ……」

（嘘だろ？　この流れでおもしろい話になるとは思えないぞ）

「なんと……」

ここで若者が笑った。おもしろい話をしながら自分で笑ってしまったのだ。しかもオチの直前である。これはもう絶対おもしろくない。

若者は笑い、「ふーっ」と声を出して大きく息を吐き、落ち着いたことをアピールした。

「ごめんごめん、それで……あれ？　どこまで話したっけ？　そうそう、思い出した。俺は醤油をかけたかったんだけど、でも、なんとかけてしまったのは、醤油じゃなくてソースだったんだよ！」

予想通りのオチであった。やはりおもしろくなかった。男は苛立ちさえおぼえた。

「で、俺、驚いて、『間違えた！』って思わず大きな声だしたんだよ。そしたらその声で窓ガラスが割れたんだ」

まさかのオチ。本当におもしろい話だった。

もうひとりの若者が言う。

「お前は能力の制御がまだ完璧じゃないからな」

「ああ」

「そんなんじゃ、卒業できないぞ」

興味深い話は続いている。この二人の会話に夢中になってしまった男は頃合いを見計らって、ドリンクバーのおかわりに行って、すぐ戻ってきた。

タイムマシン展

楽しみにしていたタイムマシン展に来た。

様々なタイムマシンが展示されている。初めて作られたタイムマシンはかなり大型である。そこから進化していき、サイズは小さくなっている。

試作して結局実用化されなかった黎明期のタイムマシンも展示されている。最新型のタイムマシンは流線形でスタイリッシュである。こちらはもちろん人気だが、今の若者には逆に古いタイプのものが人気らしい。

展示はかなり満足できる内容であった。来て良かったと思った。

しかし、残念ながら物販が良くなかった。タイムマシンのクリアファイルやタイムマシンのハンカチなどに食指が動く

わけはなく、タイムマシンと書かれた千社札も不要で、結局
欲しいものが一つもなかった。

テレパシー

男がアパートの部屋で寝転んで「２０２４年の漢字って何だっけ？」などと考えているとどこからか声が聞こえてくた。

『あーあー』

『聞こえますか』

『あーあー』

隣の部屋からでも外からでもない。もちろん部屋には誰もいない。テレビもラジオもパソコンもついていない。しかし確かに聞こえる。

『あーあー』

『聞こえますか』

『あーあー』

もしやこれはテレパシーではないかと男は考えた。通常と聞こえ方が違う。何というか、脳に直接声が届いている感覚だ。

『聞こえますか、聞こえますか』

『あーあー、只今テレパシーのテスト中』

やはりテレパシーだ。相手はどこの誰かはわからぬがテレパシーが使える人が実際にいることにテンションがあがり、同時に自分が受け取ることができることにもテンションがあがった。

「聞こえてますよ！」

『聞こえますか、聞こえますか』

「聞こえてますよー！」

『あーあー、聞こえますか？』

男は返事したがその声は届かない。それならばと男も「聞こえてますよ」と念じてみたが、何の変化もなかった。どうやら男にはテレパシーを送る能力はないようだ。もちろん今後訓練により送れるようになる可能性はあるが、今は一方的に送られてくる声を聞くしかない。

『ただ今テレパシーのテスト中、ただ今テレパシーのテスト中』

まるでマイクチェックのようなテレパシーが聞こえた。

『テス、テス。テス、テス』

マイクチェック度がさらにアップした。

『チェックチェック、チェックワンツー』

「まさにマイクチェック！　大丈夫ですよ、聞こえてますよ」

　思わず男は声に出したが届いていない。それでも男はどうにかしてコンタクトを取りたいと必死に返答した。

『ツェー、ツェー』

「高音も低音も問題なく聞こえてます」

『本日は晴天なり。本日は晴天なり』

「突然オールドスタイルなチェックになりましたね」

『う〜ん、聞こえてないかな？』

「聞こえてますって！」

　相変わらず男の声は届いていない。

『誰にも聞こえてないかあ……』

「ばっちり聞こえてますよ。あなたには相当な能力がありますよ！」

それでも男はいつか声が届くことを願って励まし続けた。

『俺には無理なのかな……』

「いやいや、能力ありますって！」

『何やってもうまくいかないな』

「うまくいってますよ！」

『諦めようかな』

「諦めないで！　かなりの能力を持ってますよ。その独り言さえも聞こえてますすよ！」

男が届くことのない励ましを続けていると、突如相手の雰囲気が変わった。

『ちっ、誰か来やがった』

「どうしたんだ？　スパイでも来たのか？」

『厄介なことになりそうだな……』

「なんか事件の香りがする……！」

『入ってきやがった』

「大丈夫か⁉」

『なんだよお母さん』

「なんだ？」

『俺の部屋に入ってこないでって言ってあるだろ』

「お母さんが部屋に入ってきたのか」

『なにやってんのって、テレパシーやってんだよ、テレパシー！』

「お母さんが小言を言いにきたんだな」

『テレパシーだって。超能力だよ、超能力。何回言えばわかるんだよ』

「実家感が凄い……」

『だから宗教とかじゃないって！』

「お母さんに超能力を理解させるのは至難の業だな」

『そう、ユリゲラーみたいなやつだよ』

「お、通じた」

『スプーンは使わないよ！　スプーンを使わない超能力もあるの！　お母さんに説明したってわかんないよ。危ないことじゃないって！　使い方を間違えなければ大丈夫なの！　みんなやってんだよ！　みんなってみんなだよ！　俺のはてなブログに来てくれるみんなだよ。ブログっていうのはなんか日記みたいなやつ。会ったことはないよ。会うとか会わないとか重要じゃないの。そういう友達もいるの！　今はそういう時代なの。お母さんにはわかんないって！　だから、テレパシーだって。なんだよ、テレフォンチンパンジーって。ちゃんと聞けよ。テレパシーは遠くの人に話しかけるやつ。大声じゃないよ。なんで大声で話すんだよ。大声で話して遠くに伝えるんじゃなくて、脳に直接話しかけるの！　わかんないならいいって。だから説明したくなかったんだよ。今はその訓練をしてたの。遅くないって！　40代で能力が開花する人もいるかもしれないだろ！」

「40代なのか！」

『なんだよ、なんでもそうやって決めつけるなよ。そういう言葉が俺の可能性を潰してるんだって！　なんだよ。いいだろ、オリジンのバイトは俺に合わなかったの。自分に合う合わないはあるでしょ！　もしかしたら超能力が必要な仕事だってあるかもしれないだろ。どこかにあるよ。あー、もー、出てけよ！』

「親への反抗の様子までダダ漏れだ。能力値高すぎるだろ」

『あー、もうテレパシーやる気なくなった。もうテレパシーやめよっと。俺には無理だし』

「やめるな！」

もちろんその言葉も届くわけない。

こうやって消えていく才能、そして可能性というのは世の中にはかなりの数あるのだろう。

パラレルワールド

パラレルワールドから来た自分そっくりの人に会った。どのタイミングでどのように分かれたのかはわからないが、分岐してからそこまで時間が経過していないのだろうか、体型も髪型も服の感じもほぼ一緒だった。

ただ、パラレルワールドの自分は、新幹線に乗った時に後ろの席の人に配慮することなくシートを一気に倒した。私はシートを倒すことがなかなかできなくて、直角の背もたれに姿勢よく座って降車駅まで行く時すらある。そこは違うようだ。

ブーケトス

高校時代の同級生の結婚式。卒業式以来会っていない同級生が多数来ていて、その中に彼女の姿もあった。

彼女とは同じクラスだった。仲が良かったわけではない。かといって悪かったわけでもない。一方的に気になる存在だった。彼女が読んでいる本や聴いている音楽に僕はこっそり親近感を抱いていた。「そのバンドを聴くのってこの学校で自分だけかと思っていた」「じゃあこれも聴くの?」なんてことを話しかける想像をしつつも、そういった会話を交わすことはなかった。

彼女と最も長く話したのは、文化祭の準備で出たゴミを焼却炉まで運んだ時だ。「卒業したらどうするの?」と不意に彼女に訊ねられ、僕は「わからない」と答えた。「どうして？」と僕が言うと、彼女は「特に意味はないけど」と答えた。どこからかやたら団結しているクラスの楽しげな声が聞こえてきた。文化祭だろうがなんだろうがそんなこと関係なく、いつも通り練習をする体育会系の部活の声もした。

わずかに冬の匂いを乗せた冷たい風が頬をかすめ、焼却炉は夕焼け色に染まり始まる。

「そっちはどうするの？」

僕はゴミを焼却炉に入れ、手をパンパンと叩きながら訊いた。

「私は……えっとね……」

彼女の制服も手も顔も、オレンジ色になっていた。僕は彼女を見ないようにして次の言葉を待った。

そこに彼女の友達が数人現れ、僕らの会話は終わってしまった。

あの時、彼女は何を言いかけたのだろうか？　いつもそんな疑問で終わる。そしてすぐに忘れる。その繰り返し。

今からブーケトスが始まる。ブーケを受け取ると幸せになれると聞いたことがある。ならば彼女に受け取ってもらいたい。

「ブーケを受け取るためにまず考えなければいけないのは『風』だ。風向きでブーケの軌道は変わる。風の情報を集められるだけ集めるんだ。ここ火星では『ダストストーム』と呼ばれる砂嵐に注意して！　そして気持ち。絶対にブーケを取ってやるんだという気持ち。そういう気持ちは地球でも火星でも同じ。気持ちで負けてはいけない！」

そんなアドバイスをできるわけもなく、僕は彼女を遠くから見守った。

ループ飯

ループ空間にいるのではないかと気づいたのは数日前だった。一日を過ごし、決まって24時になる直前に急激な睡魔に襲われ、起きるとまた同じ朝に戻ってる。つまり何度も同じ一日を過ごしているのだ。私はＳＦが好きだったので「これはループしているな」とすぐに状況を受け入れることができた。すかさずループから抜け出すにはどうしたら良いかを考えた。

繰り返している日常の何かを変えることによって抜け出せるはずだ。朝、同じ時間に目覚め、朝食を食べて出かける。まずはこの辺りを変えていこう。いきなり夜の行動を変えてみるより順番に調べていった方が良い。なにか言葉が思い出せない時に50音の「あ」から頭の中で調べていくことがあるが、いきなり「は」から始めて、正解は「い」にあったら効率が悪すぎる。それと同じだ。

　目覚めて朝食を食べる。朝食を食べずに少しでも寝る時間を増やそうとしていた頃もあったが、年齢と共に朝食を食べることの重要性に気づき、いつしか朝食を食べることが楽しみになっていた。そもそも朝食は嫌いではなく、パンではなくお米を好んでいて、旅館の朝食が理想だった。ごはん、魚、のり、生卵などがあれば最高だ。しかしループが始まった日はそこまでの用意はできず、タイマーセットした炊き立てのごはんと生卵しかなかった。まあこのふたつがあれば十分なのだが。

　茶碗にご飯を盛り付け、生卵を割り直接ごはんの上に載せる。次に黄身を箸で軽く突き、そこに醤油を垂らす。そこから箸で適度に黄身をかき混ぜる。すると醤油で色が濃くなった卵がごはんの表面を覆い、少しずつ染み込んでいく。あとは一心不乱にかき込むのみである。

ループから抜け出す選択肢があるとしたらまずはここだ。ここを徹底的に調べていこう。今回は醤油ではなくごま油にしてみる。それで抜け出せなければ次回はめんつゆを試そう。あえて塩のみというのもあるか。どれも美味しそうである。

花言葉

男はスーパーで買い物していた。珍しく柿が食べたくなって柿を買おうとした。思っていたより柿の種類が豊富で驚いた。一番安いのではなく二番目に安い柿を買い物カゴに入れ、次にポン酢の売り場に向かおうとした。

男の前方にいた客のカゴの中には長ネギが入っていた。ネギは斜めになってカゴに入っていて、半分ほどカゴの外に出ていた。その客がなにかを思い出したかのように向きを変えた。するとカゴの中のネギが男の方へと向かってくる形になり、男は咄嗟に避けた。しかし無理に避けたので膝に激痛が走り、その場でうずくまった。

「あの日、ネギを避けようとして膝を痛めてしまった私は、宇宙飛行士の夢を諦めることになりました。しばらくは悔しくて泣きました。周りの人にあたることもありました。しかし私は泣くのをやめました。なぜなら、ネギの花言葉は『くじけない心』。今はなにか資格を取ろうと思い週一でパソコンの学校に通っています」

見送る

緑色の水田が広がり、その先に線路がある。さらに向こうには山があって、長閑な田園風景を作っている。音はほぼない。トンビの鳴き声が時折聞こえてくるくらいだ。

あぜ道に小さな折り畳み椅子を置き、電車が1時間に1本来るか来ないかという線路の方を向いてAとBが折り畳みのレジャーチェアに座っている。

「さてと、そろそろだな」

Aが時計を見て立ち上がると、Bも一緒に立ち上がり、後方に置いてあった大きな巻物のようなものを手にする。

「来たぞ」

「はい」

遠くから電車の音が聞こえ、それが徐々に近づいてくる。

大きな巻物のようなものの端をBが固定し、Aが走って広げ始める。それは横断幕であった。ピンと張った横断幕には『転校先でも野球頑張れよ！』と書かれている。

電車の音がさらに近づいてきて、緑色の稲穂が揺れる。ふたりはそれぞれ片手で横断幕の端を持って車窓にから見やすいように掲げ、もう片方の手を電車に向かって大きく振る。

「頑張れよ〜！」

「負けるなよ〜！」

電車に向かって大声を出し、さらに手を大きく振る。数秒後電車は通り過ぎ、やがて見えなくなる。音はもう聞こえない。

Aが横断幕を巻きながら戻ってきて、それをBが後方に片付けると、また二人はレジャーシートに座る。目の前には静かな風景が広がっている。

約1時間後、Aがまた時計を見る。

「そろそろだな」

二人は立ち上がり、Bがさっきとは別の横断幕を手にする。

「来たぞ」

「はい」

先ほど同様に横断幕を広げると今度は『東京でプロダンサーになる夢を叶えろよ！』と書かれている。電車に向かってふたりは大きく手を振る。

「夢を叶えろよ〜！」

「負けるなよ～！」

電車が過ぎ去り、ふたりは横断幕を片付けて座る。

さらに1時間以上が過ぎた頃、Aは時計を見て立ち上がり、Bが三つ目の横断幕を手にする。

「来たぞ」

「はい」

広げられた横断幕には『目指せ！　eスポーツ大会優勝』の文字。

電車を見送った後、綺麗に巻き終わった横断幕を片付けながらBが言った。

「田舎から旅立つ人を見送るこの仕事、話を聞いた時は割と楽な仕事だと思ったんだけど、結構大変ですね」

「まあな。でも3月の繁忙期に比べたらたいしたことない。一度に複数の横断幕を広げなければいけない時もあるから」

「それは大変そうですね……」

「さあ次は声優を目指すために上京する女の子と、相撲部屋にスカウトされた男の子。そのふたつを見送ったら今日の仕事は終わりだ。あ、相撲部屋の男の子の方は『横断幕を持ちながら走る』というオプションが付いているから忘れるなよ」

「はい」

「それと、来週はロケットへの横断幕がある。宇宙留学をする子がいるらしい」

「宇宙ですか！　時代ですね」

「時代だな」

「ところでロケットから横断幕って見えるんですかね？」

「見えないだろうから、乗る前に一通り見てもらって、あとは動画と画像で送る形かな」

「時代ですね」

「時代だな」

時間を止める

アパートの部屋にいても蝉の声は聞こえていた。それをうるさいと思ったことはない。人工的な音以外はそういうものである。風が強くても音を聞いて「風、凄いな」と思うだけで嫌だとは思わない。もしも自分の畑や船を持っていたなら「風、凄いな」の後にそれらの様子を見に行くことになるのだろうが、それは死亡フラグである。それなのに行く人が後を絶たない。国や自治体はチラシ配布やポスターを作りもっと注意喚起した方が良い。

ドアチャイムが鳴り、上半身裸のだらしない格好をしていた男はTシャツを着て玄関へ行き、ドアを開けた。その途端蝉の声が大量に、そして一気に雪崩込んできた。宅配便の男性から小さな荷物を受け取り、ドアを閉める。その途端蝉の声は少なくなる。

荷物はフリマアプリで購入した『ストップ君』という名の時間を止めるスイッチだった。このスイッチが本当に使えるのかどうか、男はまだ半信半疑だった。出品者が他に出品してるものを見ると、ツムツムの人形とミニオンズの服とビジュアルバンドのグッズである。なぜそんなライフスタイルの人が時間を止めるスイッチを売ってるのか疑問ではあったものの、検索してみても似たような商品はひとつもなく、逆にそれが信憑性を若干高めた。プラス、高価なものではなく、男は購入してみた。

梱包はしっかりしている。これだけで良い評価に値するなと思いながら男が開封すると、手のひらサイズの、折り畳みのタイプのガラケーくらいの大きさのものが入っていた。重さもガラケーに近い。Ｙシャツのボタンくらいの大きさの赤い押しボタンがひとつ付いていて、その下に『ストップ君』とのロゴがあった。

付属している簡素な説明書には『「時間よ止まれ！」と言ってボタンを押してください。すると時間が止まります』とある。それがいくつかの言語で書かれていた。使用方法は至ってシンプルである。

男は早速『ストップ君』を持ち、「時間よ止まれ！」ボタンを押した。

その瞬間、男は静寂に包まれた。さっきまで聞こえていた蝉の声が一切聞こえない。蝉だけではない。車も風も廃品回収車のアナウンスも生活音もなにも聞こえない。過疎の町どころではない静寂だ。

「止まったのか……？」

男は外に出てみた。蝉の声は一切なく、人間も車も何も動いていない。

「本当に止まってる！」

テンションが上がった男はすぐに駅前へと向かった。途中あらゆるものが止まっていた。圧巻だったのは老人が道路に撒いている水が空中で止まっている風景だった。

男は時間を止めて金を稼ごうと考えていた。稼ぐと言っても窃盗である。時間が止まっている間に奪えるだけ奪う作戦だ。

さっそく駅前にＡＴＭがあった。そこにはちょうど出金し終わった人と、これから入金しようとしていた人がいた。ぱっと見、十数万は手に入りそうである。いきなり大金より、まずはこれくらいがちょうど良い。

しかしここで男は考える。

「これっていつ時間が動き出すんだろうか……？」

説明書に時間を止めた状態からの解除の方法は一切書いてなかった。もちろん解除ボタンもない。

「時間よ動け！」

男は試しにそう言ってみたが時間は動かない。似たような言葉をいくつか口にしてみたがどれも違う。

もしかしたら自然と動き出すパターンではないかと男は考

えた。チープな見た目、かつ簡素な説明書、スイッチも単純なもの。時間を止めること以外は曖昧な代物の可能性はある。金を盗もうとした瞬間に時間が動き出したら一大事だ。

男は怖くなってお金を盗むことを諦めた。

しばしの沈黙。蝉は一向に鳴かない。

「これならさっき盗んでも大丈夫だったな」

男は失敗したなあと思いながら、やはり盗むことにした。

しかしまた考える。

「でも、今盗んだ瞬間に時間が動き出すかもしれない」

男は躊躇し、様子を見る。またしばらく沈黙が続いた。

「動かなかった！　盗んでも大丈夫だったな。余裕で盗めたよ。もう盗んでしまおう」

意を決した男はお金に手を伸ばそうとする。

「でも、もういい加減動き出してもおかしくはないよな。やめておくか……」

また沈黙。

「動き出したらすぐにまたスイッチを押せば良いか。しかしその僅かな間に顔を見られてしまう可能性もあるし、時間がすぐに止まらないことも考えられるか……」

男が思案していると不意に蝉が鳴き出した。一瞬にして男はいつも通りの音に包まれた。一気に音が聞こえてきたものだから、男はビクッとなって、その拍子に持っていた『ストップ君』を落としてしまった。『ストップ君』はアスファルトと衝突し、僅かな音をたて壊れた。

天才チンパンジー

天才チンパンジーがいるという話は知っていたが、今日訪れた町にいるとは知らなかった。典型的な寂れた地方都市を歩いていると『天才チンパンジーはこの先15㎞』と書かれた看板を偶然見つけて知ったのだ。興味はあるものの歩いていくには遠く、レンタルサイクルもなく、場所を調べるとバスで行くのが良いことがわかり向かうことにした。バスは極端に本数が少なくバス停にある時刻表はスカスカであったが、幸運なことに10分後にバスが来るとのことで、男はそれに乗ることにした。

バスの乗客は男だけで座席は選び放題だったものの、一番前、しかも運転席の真後ろに座るのは運転手に何かしらの緊張感を生み出すだろうし、お互いに平和ではなく、そんなことお構いなしにそこに座るメンタルを持ち合わせていない男は無難に後方の席に座った。

空き家と廃屋と畑と時折畑の中にある古い小屋、そこに錆びたホーロー看板、しばらくそんな景色が続き、やがて古い公民館みたいな建物が現れ、『天才チンパンジー前』なるバス停で降りた。

建物の入り口に受付があったが誰もいなく、『ご自由にご覧ください』の張り紙があり、『天才チンパンジーの部屋』の文字と矢印があった。

矢印に従って廊下を歩くと、途中掲示板があって、そこにはこの辺りの花火大会のポスターと祭りのポスターが貼られていたがすべて去年終了したものだった。やがてガラスで仕切られた部屋が現れた。どうやらここに天才チンパンジーがいるらしい。

男はさっそくチンパンジーを探したが姿は見当たらず、一枚の毛布があるだけだった。

その毛布が膨らんでいたので、男はあの毛布の中にチンパンジーがいると推測した。毛布の中に隠れて人間を欺こうとするなんて確かに天才チンパンジーだ。

「……いや、待てよ」

男は考える。相手は天才チンパンジーである。あの毛布の中にいるとみせかけて、別のところにいるのでないか。あの毛布の膨らみはダミーであり、中には丸めたタオルケットなどが入ってて、いかにもチンパンジーが隠れているように見せているだけではないか。そう推測した。

ところがそこで男の思案は終わらなかった。毛布の中はチンパンジーではないと思わせておいてやっぱりあの中にいると考えた。なんと言っても天才チンパンジーだ。裏の裏をかいてくる可能性は十分ある。

「そう思わせて……」

天才チンパンジーは毛布の中にいる。そこまで考えてこその天才チンパンジーだ。

「と見せかけて……」

男が裏を読み、その裏を読み、を続けていると館内に『蛍の光』が流れ始めた。閉館の時間のようだ。時計を見るとバスの時間が迫っている。結局男は毛布の中に天才チンパンジーがいるのかいないのかわからぬままだった。

建物を出る時、「ありがとうございました」と聞こえた。

帰りのバスの中でさっきの声はもしかしたら天才チンパンジーの声だったのかもしれないと男は考えた。

解説

上田誠（ヨーロッパ企画）

昔、星新一の「ようこそ地球さん」にときめいた。

国語の教科書から星新一を知り、何この面白いの、ってもっと読みたくなって、文庫にたどり着いた。ショートショートと呼ぶらしい。よすぎる。

新潮文庫の第一集「ボッコちゃん」には、50篇のショートショートが収録されていた。多い！　読みやすい！　オチがどれも面白い！　真鍋博の挿絵が個性的！　「おーい　でてこーい」名作すぎる！　「月の光」なんか雰囲気違う！　「最後の地球人」けっこう長い！

そうして興奮のうちに読み終え、母親にストーリーを話したりして、次にマンガの二巻を読むような勢いで手を付けたのが、収録数は42本と少なめ、しかしボッコちゃんよりはちょっと分厚い「ようこそ地球さん」だった。

ボッコちゃんに比べて何だかウェット。だけど文芸性が増してる感じがしてどの作品も味わい深い。本を読み慣れてない中学生の僕にも、ああこの感じすごい好きだな、と思えた。

タイトル通り、宇宙を舞台にした話が多く、宇宙時代の到来を宇宙サイドから見た「ようこそ地球さん」というタイトルもふるっていて、そこにはロケットが、宇宙人が、未知の惑星が、やがてくる未来が、僕らの生活と地続きで書かれているようだった。それは透明で清潔で、ときに不吉で、モイスチャーで、荒廃してもいて、だけどどこかにピカピカの、光沢感を伴う何かが常にあって、きっとそれがセンスオブワンダーでありSFということなんだろう、僕の胸をくすぐり、掻き立てた。

一生こういう本を読み続けたいし書き続けてほしい。

第三集「気まぐれ指数」。これは長編か。「ほら男爵　現代の冒険」。これも寓話で感じ違うな。「ボンボンと悪夢」「悪魔のいる天国」「おのぞみの結末」「マイ国家」なんかタイトル怖いな。「妖精配給会社」ちょっとまし。「宇宙のあいさつ」最高！　「午後の恐竜」「白い服の男」またちょっと、うーん。

このあたりで筒井康隆と出会う。ショートショート集「笑うな」。短くてたくさん入ってる。星新一と感じ違うけど、なんか尖ってる気がする！　フォントも怪しくて気になるし。星新一は背表紙が黄緑で子供っぽいけど、筒井は赤で狂気的だ！　「くたばれPTA」「にぎやかな未来」深くて怖くて短くて最高だ！

そうしていつしか中学生は高校生になりブンガクの海へ。ハヤカワ文庫、新本格ミステリ、純文学、セカイ系、あれやこれや。

読みたかった「ようこそ地球さん」の続きを、星先生がついに書いてくれることはなく、社会派っぽいショートショートから民話へと興味は移られ、民話の頃はだいぶむずく。

近頃の僕は、野放図に広がった読書世界を年相応にたゆたいながら、時折なぐさみに、星先生の没後に出た初期作品集「つぎはぎプラネット」を手に取ってみては、つぎはぎだなあ、と目を細め思うばかり。

いつか見た未来はもう来ないと思ってた。

そしたら突如、飛来した。

初出はカクヨム。「ＳＦのＳは生活のＳ」。

これが読みたかったのだ、と思った。

せきしろさんが宇宙の石板みたいに読者へよこす、それらのショートショートショートとも言うべき掌編は、まったくもって僕がときめいたＳＦそのものであり、進化形であり結晶体であった。郷愁とセンスオブワンダーと、そして卓抜な笑いを備えていた。

宇宙船で聴く好きなアーティストの新譜。保温しすぎたご飯のような色の星。銀河鉄道の終点で寝ている酔っぱらい。アンドロイドが見る負けた夏の試合の夢。カップ焼きそばの麺は蓋の原子と原子の間をすり抜け、フードコートには宇宙服のヘルメットが。実家の壁の時空の穴をカレンダーで隠す。未来の自分へ向けて教室の机に「おかえり」と彫る。

２０２５年の僕らが宇宙でなくいまだ道の駅とかを旅しているように、過去と現在と未来は同時にあるし、ＳＦの中にも生活はあり生活の中にＳＦは現れる。マクロからミクロへの急激なズーム。位相の違う単語が奏でる聴いたことのない和音。自由律俳句のように削ぎ落された文字数から生まれるイメージの自在さ、果てしなさ。

せきしろ文学の枝宇宙を発見したような会心の気持ちになったし、その宇宙はたいへん豊饒な発展を遂げていた。そして果てには売店があった。ＳＦはもうこれでいい。ＳＦのＳはせきしろのＳであった。

と、ロボットアームがすらすらと書き上げた。

近頃は書き手みずからが手を動かさなくても、人工知能がそれらしく解説を書いてくれる。人間はただ椅子に座っているだけでいいのだ。

原稿が送信され、自動で受理されて、原稿料が振り込まれる。編集者のほうでも、ロボットアームがせわしなく動き、本が自動でできていく。

しかしそれを読む人間はもういない。椅子には白骨死体が座っている。人類はとっくに絶滅してしまったのだ。

そこにノックの音がした。

○

せきしろ

1970年、北海道生まれ。作家、自由律俳句俳人。主な著書に『去年ルノアールで』『バスは北を進む』『放哉の本を読まずに孤独』など。近著に自由律俳句集『そんな言葉があることを忘れていた』。また又吉直樹との共著に『カキフライが無いなら来なかった』『蕎麦湯が来ない』などがある。

宇宙の果てには売店がある
生活感のあるSF掌編集

2025年4月23日　初版発行

著者　せきしろ
装丁・デザイン　たけしげみゆき・尾々田賢治
進行　逢根あまみ
発行所　シカク出版　大阪市此花区梅香一丁目六番十三号
http://uguilab.com/shikaku/
印刷・製本　創栄図書印刷株式会社
Special Thanks　浜辺のウルフ
本間キッド（や団）
久保田剛史